Los grandes felinos

Los leones

por Marie Brandle

Bullfrog en español

Ideas para padres y maestros

Bullfrog Books permite a los niños practicar la lectura de textos informativos desde el nivel principiante. Las repeticiones, palabras conocidas y descripciones en las imágenes ayudan a los lectores principiantes.

Antes de leer

- **Hablen acerca de las fotografías. ¿Qué representan para ellos?**
- **Consulten juntos el glosario de las fotografías. Lean las palabras y hablen de ellas.**

Durante la lectura

- **Hojeen el libro y observen las fotografías. Deje que el niño haga preguntas. Muestre las descripciones en las imágenes.**
- **Léale el libro al niño o deje que él o ella lo lea independientemente.**

Después de leer

- **Anime al niño para que piense más. Pregúntele: ¿Qué sabías sobre los leones antes de leer este libro? ¿Qué más te gustaría saber sobre ellos?**

Bullfrog Books are published by Jump!
5357 Penn Avenue South
Minneapolis, MN 55419
www.jumplibrary.com

Library of Congress Cataloging-in-Publication Data

Names: Brandle, Marie, 1989- author.
Title: Los leones / por Marie Brandle.
Other titles: Lions. Spanish
Description: Minneapolis: Jump!, Inc., 2021.
Series: Los grandes felinos | Includes index.
Audience: Ages 5–8 | Audience: Grades K–1
Identifiers: LCCN 2020042755 (print)
LCCN 2020042756 (ebook)
ISBN 9781645278689 (hardcover)
ISBN 9781645278696 (ebook)
Subjects: LCSH: Lion—Juvenile literature.
Classification: LCC QL737.C23 B724818 2021 (print)
LCC QL737.C23 (ebook) | DDC 599.757—dc23

Editor: Eliza Leahy
Designer: Michelle Sonnek
Translator: Annette Granat

Photo Credits: Eric Isselee/Shutterstock, cover, 1, 3, 17, 24; Simon Dannhauer/Shutterstock, 4, 23bl; Vibrant Image Studio/Shutterstock, 5 (sky); lindsay_imagery/iStock, 5 (lions); Ringadingding/iStock, 6–7, 23tr; Lifehunter/iStock, 8–9; imageBROKER/Alamy, 10–11; Carole Deschuymere/Alamy, 12; AfriPics/Alamy, 13, 23br; Henk Bogaard/iStock, 14–15; Albie Venter/SuperStock, 16, 23tl; John Ceulemans/Shutterstock, 18–19; SuperStock, 20–21.

Printed in China.

Tabla de contenido

La vida en una manada

Esto es África.

Es de mañana en las praderas.

Los leones se despiertan. Ellos son grandes felinos.

manada

Los leones viven en grupos.

A estos grupos los llamamos manadas.

¿Cuántos leones hay en esta manada?

Los machos guardan cada manada.

Ellos tienen melenas grandes.

¡Groar!

melena

Los machos de diferentes manadas pelean.

¿Por qué?

Ellos guardan su tierra.

Las hembras cazan en grupos.

Su dorado pelaje les ayuda a esconderse.

Ellas corren detrás de las presas.

Traen comida a casa.

La manada come.

Los cachorros juegan.

¡Qué lindos!

Papá también juega.

Los cachorros aprenden a cazar.

Los leones trepan.

Descansan en los árboles.

Ellos duermen mucho.

¿Cuánto?

Hasta 20 horas por día.

¡Hora de la siesta!

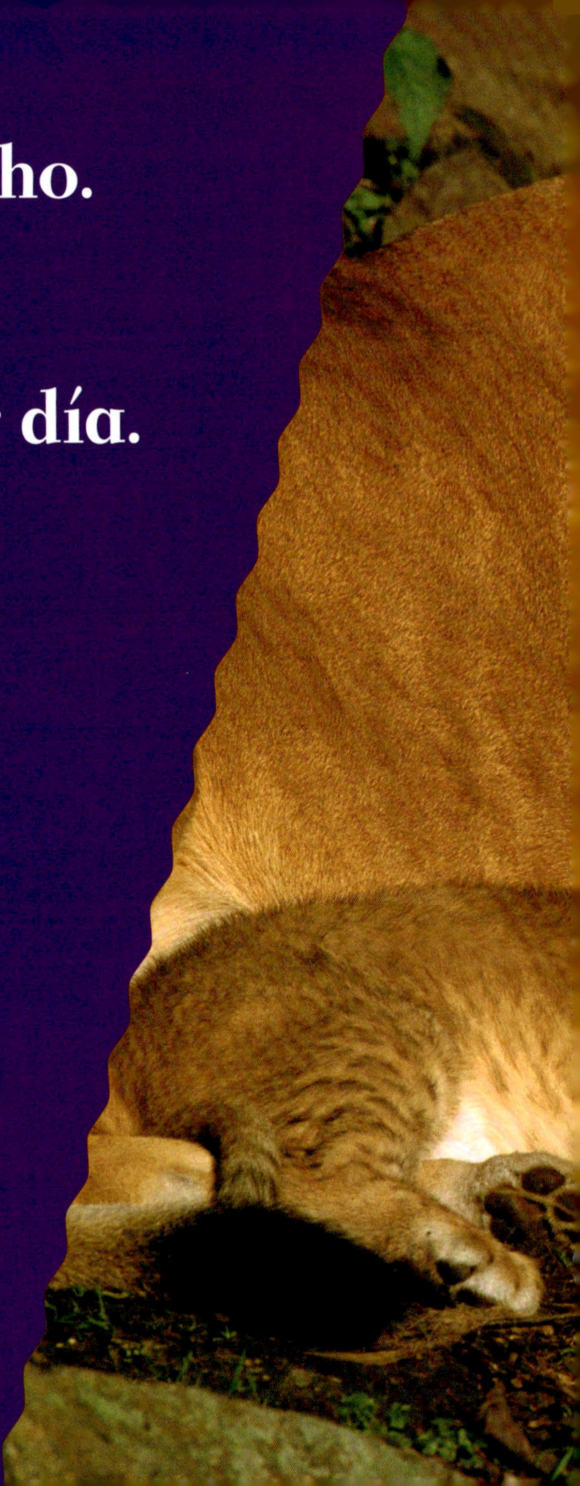

¿En qué parte del mundo?

La mayoría de los leones viven en las praderas africanas. Unos pocos viven en los bosques de India. ¡Echa un vistazo!

N
O E
S

■ donde viven los leones

Glosario de fotografías

cachorros
Leones jóvenes.

manadas
Grupos de leones que consisten en machos y hembras adultos, y sus cachorros.

praderas
Áreas abiertas y grandes de hierba.

presas
Animales que son cazados por otros animales que buscan comida.

Índice

Para aprender más

Aprender más es tan fácil como contar de 1 a 3.

1. Visita www.factsurfer.com
2. Escribe "losleones" en la caja de búsqueda.
3. Elige tu libro para ver una lista de sitios web.